JN195148

青麗コレクション2

新装版

青麗

高田正子句集

朔出版

目次

I 草の庭		5
II 冬銀河		25
III 祇園祭行		39
IV 空へ		49
V 一切		61
VI 泉		81
VII 柿甘し		97
VIII 大川		111
IX 大南風		131
あとがき		146

青麗コレクション2

新装版　青麗

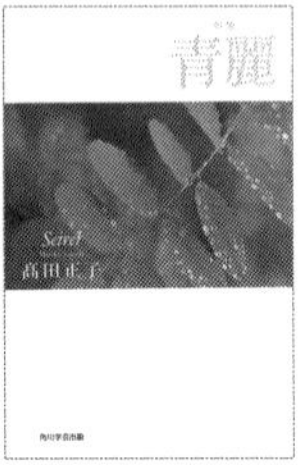

平成二十六年（二〇一四）刊

Ⅰ　草の庭

五五句

剪定の一枝がとんできて弾む

喧嘩して飛んだりもして春の鴨

縁側の影紅梅も白梅も
草庭の真っ暗闇の冴返る
みんな映りてガラス戸に春寒し

ものの芽の香をたしかめに来たりけり

見ゆるもののみなかげろふにほかならず

ほほけねば翁草とは言へねども

そろそろと来よ春宵の草の庭

一羽づつしづまつてゆく春の星

よく晴れて春月のほか何もなし

つくしんぼ一本づつの砂糖漬

朝の水もらふ草木や風薫る

はつなつの香や草の庭雨の庭

朝食をととのへて出るほととぎす
弁当と一緒に届く新茶かな
園丁のひとりが虹に立ちにけり

軽鳧の子に巨きな池と草の庭
軽鳧の子の大きくなつて一羽きり
かたはらに翼をたたむ鳥の子

桑の実をたくさん降らしつつ昏し
桑の実をほらと洗つて下さりぬ
桑の実を摘んだりもして雨宿り

さみだれの小やみの金の雫かな

南天のすぐに乾いてしまふ花

石ころを熱しと蜥蜴走りけり

葛棚のはじめの花の香なりけり

へちまよりへちまの札のなほ長し

萩に触れ萩に触れられつつ来たり

ときどきは風にさからふ赤とんぼ

しづかなる花の盛りを杜鵑草

椋鳥のしづかに水を浴びに来ぬ

もみぢしてゐる山椒も摘みてきし
降りつづく雨のつめたさ式部の実
枯れそむる淡き光の萩くぐる

一幹の大きな影や冬構

木を伐つてこの庭の冬始まりぬ

すみずみに冬至の光百花園

冬日濃きところにひとりづつ仲間

雪吊の仕上がらぬまま昼休み

雨音か萩のすがれてゆく音か

葛棚のおほきな影の枯れゆける
詰められて袋に冷えてゆく落葉
よく枯れてたのしき音をたてにけり

北風の能登より届く丸柚餅子
波音や佐渡の粒選り醂柿
まつくろに枯れて何かの実なりけり

ゆきずりの誰かへ冬の落椿
できたての七草籠の香なりけり
風を来て七草籠を受け取りぬ

足音をよろこんでゐる冬木かな

くちばしを研ぎ出すふくら雀かな

ひざまづき銀河山河の襖閉づ

待春の鋏の音を向島
葛棚もあけびの棚も芽吹きけり

II　冬銀河

四〇句

あをあをと山きらきらと鮎の川

鮎宿やあをき百畳ぶつ通し

夕闇の降り来る鮎の山河かな

ふるさとの灯がいつぱいや冷し酒

先に逝くことも涼しく語らるる

先代の鈴虫壺に継ぐ話

暁の虫母は小さき灯をともし

稲妻のゆたかに父母を眠らしむ

母在す父また在す初桜

青水無月を老いてゆき病みてゆき

母もまた母恋ふるうた赤とんぼ

命終へたる母と

なつかしき山ふところへ月の道

ふるさとの星飛ぶ暁の枕かな

満月の虚空に放つ音ならむ

虫の野を人送りゆく灯かな
あひづちを打ちて身にしむことばかり
いくへにも野分の闇を胸の上

飲食もひとりなる父冬紅葉

喪の家をたたんでしまふ冬至かな

喪の家も枯れゆくもののそのひとつ

飴色のミシンかたかた十二月

父に湯たんぽ父に家捨てさせて

母亡くて父に傘寿の雑煮椀

新しき墓星降れる寒さかな

母若し春あかつきの夢の奥

母の座のここ日だまりや初桜

吐ききってつめたき息よ初桜

病室の窓今生の桜かな

見納めの去年の桜となりにけり

ことごとく朧の沙汰となりにけり

いちにちのつひのひかりのさくらかな

灯せば人還りくる桜かな

はつなつの雨のにほひを鹹しとも
ふるさとや盆提灯に山と川
母はもう老いず痛まず天の川

いつよりの写真の母似星月夜

ふるさとの柿の機嫌を問ふことも

うぶすなの山気に冷ゆる柿届く

目つむれば故郷の駅舎冬銀河
雪の日も雪晴の日も手を引いて

Ⅲ　祇園祭行

二八句

かつて子連れ吟行を重ねし仲間と、
毎年七月、京に逢ふ。

鉾の稚児涼しく背を正しけり

二〇〇五年

鉾の稚児雨の袂を重ねけり　二〇〇六年

雨祓ひ長刀鉾の動き出す

大雨のきのふに過ぎし月の鉾　二〇〇七年

鉾建のひとりは屋根にまた跳んで　二〇〇八年

曳初の鉾の車軸に浄め塩

影増えて二階囃子の始まりぬ　二〇〇九年

御霊会の大路を祓ひゆく炎

雨過ぎし夜空に神輿洗の火

長刀の日を刺す位置に到りけり

鉾建

われは母許

宵山の提灯に灯の入るころ

二〇一〇年

梅雨明の間近の風を囃すなり

さつと降り祇園囃子の街濡らす

二〇一一年

宵山の月夜の道を戻り来し

注連縄を断つや旱の天に風

巡行の行く手行く手を旱雲

天仰がせて鉾人形抱きおろす

二〇一二年

御霊会の京都通ひも身に添ひて

鉾町の更けゆく稽古囃子かな

鉾囃すすずめのやうに声揃へ

鉾町や雨後をおほきな星ひとつ

二〇一三年

声嗄らす祭粽を売り切つて

幻の大船鉾の囃子笛

いくたびも鎮めの雨を鉾祭

二〇一四年

たばさみて短刀のごと祭笛

撥ゆるく祇園囃子をくりかへし
灼くる地を踏み足音の無かりけり
旅のしまひを夕立にまた打たれ

Ⅳ　空へ

三五句

早梅のしづかにあふれくる香なり

しづけさを春の寒さと言ひにけり

あをぞらの磨かれてゆく余寒かな

風熄みて午後の青空梅の花

梅林の古りたる木椅子あたたかく

ゆつくりと凍るゆふべを梅の花
夕暮に似たる夜明や春の雪
菖蒲の芽荒地のあちらこちらから

昼過ぎの音やや高く春の水

春風やバスにQちゃんドラえもん

春禽と呼ばれて雀山鳩も

囀りの木に飛び込んでゆく一羽
どつと発ち囀りの木のがらんどう
雨粒におどろいて発つてんとむし

いちにちを薔薇摘みためて過ごすなり

薔薇守の証の腰の鋏かな

翅音を雨中の薔薇にたたみけり

薔薇園に集まつてくる山の霧

よき音と聴きて五月雨傘の内

あぢさゐに青磁の色のさしそめぬ

迷ひやうなけれど迷ふ暑さかな

ゆふがほの実を雨粒のつたひだす

ゆふがほのおほきな一顆風の奥

ざうざうと空くつがへす茂かな

菊の日の遺る手帳にスケジュール

火恋しとて足早にゆかれしか

黄落のなほ少年と機関車と

北風を斬る幼子の棒の剣

あをぞらの届かぬところ凍りけり

氷とけてしまへば何も無きところ
白息をゆたかにかへすありがたう
金色の蘂寒梅をあふれつつ

晴のち雨のちまた晴や春隣

空へ近づく笹鳴をくりかへし

立子忌の雲のゆくへに従へば

Ⅴ　一切

はりつてゐるにはとりも年明くる

五九句

縁側に降りてしばらく初雀

あらたまの月満ちにけり蒼御空
お日さまに膝を揃へて初電車
道なりにむかしのままや達磨市

昼近くから早春の庭仕事
一列に春の小川を渡り終へ
注文す次は空色しゃぼん玉

あたたかにつむりを寄せて女の子
みちのくや昔語りを雛の夜
旅立たむうぐひすかぐら花のころ

駿河湾から乗込の鯛の箱

春灯あしたの靴をそろへけり

送り出す子に日が眩し大試験

強情の眉そのままに卒業す

風のこゑ重ねて雨の卒業歌

花冷の講堂に立つ譜面台

舞人に逢ふさきがけの花の下
春コートから花びらのやうなもの
朧夜の冷たき襟を合はせても

いそがしき大学生の春休み
家のほか帰る場所なし春の雨
花鳥の貌より大き木瓜の花

届きましたと草餅を垣根越し

花を待つこころに人の集ひけり

花の枝離るる銀のしづくかな

まんまん中で本を読む子や花筵

お弁当届けて帰る花の昼

バスの終点満開の夕桜

十人のひとりは帰る花篝

足音の子どもなりけり花の雨

花冷の畳いちまいづつ拭いて

濤音を花の梢に聴く夜かな
山しづまりぬ姥桜ふぶくとき
一門の総出の祭つばくらめ

もう一度郭公聴いてから起きむ

われは知らぬ戦中戦後ほととぎす

万緑やほのと明るき水の神

一灯にみな帰りくる新茶かな

新茶汲むほどを語らひ発たせけり

濡れながら行く大学の青葉雨

響かせて水汲むえごの花明り

海の方から晴れてくる青葉かな

六月や夜風のいろの旅衣

戸袋の内に潮の香半夏生

月よぎるときひたすらに蛍かな

ちと云うて炎となれる毛虫かな

まつ白な文鳥にして羽抜鳥

巴里の地図貼り付けておく冷蔵庫

食べさせて着せて寝かせて月涼し

家事一切言ひおいて出る涼しさよ

ちよつとそこまで行くだけの白日傘

日傘まはせばどこまでも歩けさう

さやさやと噂を運ぶ扇の香
すみつことといふは涼しきところなる
それぞれの灯にみんなゐる夜の秋

夏の月みんな病んだり痛んだり

戦争ののち三代の晩夏かな

手を振つて露の仏となりたまふ

VI　泉

四四句

この池に棲むあをぞらもうぐひすも

うぐひすの声をこらへてゐるところ

奥山の花びらいろの薄氷

春禽の影見失ふ明るさよ

もう一羽ゐる春の鴨向ぅ岸

大雨の関東平野つばくらめ

白雲を追ふ黒雲や春田打

てのひらに魂のかたちの蝌蚪ひとつ

花の芽のあまたとどのふ墓桜

溜息に花のにほひや桜餅

一幹の桜や門を開け放ち

大風に打ち合ふ花の枝となり

大風ののち月明の桜の木

花の道右と左に別れけり

花に冷えゆく石ころも雨粒も
雨の日の光にさくらしだれけり
てのひらをあはせて掬ふ藤の房

烟るとも定家葛の光るとも

昼顔の雨の雫をくつがへす

未草真昼の水を起ち上がる

冷たさを蒼さと思ふ清水かな

銀の日のあと金の月泉鳴る

一幹の倒れ伏す野の曼珠沙華

曼珠沙華鎮めの雨とおもひつつ

海よりも平らに月の真葛原

くちなしの実のくちばしに雨雫

渋柿として熟れてゆく風の中
落日の色につめたき熟柿かな
黄落の空を冥しと仰ぐとき

奮ひ立つ龍神のごと黄落す

まん中の湿れる色の刈田かな

刈株のかさりとこぼす氷粒

明るさに果して鴨の来てをりぬ

水を出てそこに動かぬ鴨となり

日本の雨に打たるる浮寝鳥

さざなみのとどまるところ凍りゆく

影凍るまで白鷺の立ち尽くす

大鷹を容れたる天の蒼さかな

茶の花の照り合ふ小径いつしかに
起ち上がりつつやさしき香野水仙
風花やあてずつぽうに曲る角

枯木道いくたび曲りてもひとり

残されて寒き夜の香を榠樝の実

凍らむとして一滴の光溜め

Ⅶ　柿甘し

四一句

いちにちの名残のひかり秋刀魚焼く

まだまだと言うて焦がしぬ初秋刀魚

八月も八十路の坂も越えてこそ
八月の雨を乞うたり呪つたり
飼ひならす残暑の澱のやうなもの

すぐそこといふ秋風のかなたかな

さまざまにこゑ重ね合ふ邯鄲も

おどろいてぶつかつてくる蟷螂かな

遅れ着く小さな駅や天の川

噛みしめて香りて最上川の菊

摘みためて菊の茶とせむ酒とせむ

川に向く窓開け放つ星月夜

踏み越えて来たる曠野と大花野

颪やんで退屈さうな芒の穂

ひややかな雨釣人に旅人に

縁側に日のまはり来る子規忌かな

月明の畳に子規の忌を修す

さやけしやもう一度手を振ってみむ
月の道いつかひとりになる道よ
帰り着く寝待の月の出づるころ

思春期の後ろ姿や十三夜

秋草繚乱溺るるかもしれず

武州王禅寺

棲み古りてここ甘き柿生れる里

柿寺の参道たのし草の道

禅寺丸とは柿喰らふ小鬼の名

禅寺丸柿原木の木守柿

いちにちを家に過ごせば日短し

働いてまづ父帰る冬の草

さつきより明るくまろく冬の月

出勤の父が点けゆく聖樹の灯

約束の聖樹を街に探しつつ

クリスマス大きなリボンビルに掛け

某翁「愉快愉快」が口癖なれば

初時雨愉快に百を越えたまふ

日向ぼこして順縁といふことば

しばしまた菜屑と吹かれ冬の蝶

近道をして残照の葱畑

大根の芯まで冷えてみどりいろ

飛び起きて寒暁に灯す家

高層のガラスのビルの間をふぶき

寒明の近づく潮の匂ひかな

立春大吉身の奥に燠ひとつ

Ⅷ 大川

五四句

討入の衣裳一式年の市

門松を運ぶに二人がかりなる

大川のかりがねどきの水のいろ

大川の冬に入りたる波の音

大川の水の匂へる雪蛍

山越えて月夜を帰るゆりかもめ

墨東へ四温の橋を渡り来し

春雷のあと大雨の吾妻橋

おんおんと満ちて涅槃の濤の音
涅槃会にひとつの花もまにあはず
鎌倉をすぐそこに見て若布干す

江ノ電のちんかんと来る春の昼

雛の日の畳をすすむ人の影

雛壇に小さき箒ちりとりと

雛さまの百年風を聴くおかほ

ほほといふ口して三人官女かな

墨堤にたづねあてたる草餅屋

草餅はひとりにひとつづつ光る
いかのぼり貸しておくれよとも言へず
子どもらの手作り凧の空低し

霞ヶ関

関ありしあたりを深く霞むなり

海つ方とふ晩春の空まぶし

日本橋獅子と麒麟と春塵と

魁けて交番前の朝桜

往く人に待つ人に春闌けにけり

大亀と小亀とわれも春惜しむ

もの買うて薄暑の街になじみけり

飛梅や江東に実を結びつつ

日枝神社正面椎の花匂ふ

さつと来て緑雨の傘をたたみけり

御祭の昼の太鼓は子が打ちぬ

勢揃ひしてくらがりに大神輿

千貫の神輿を冷ます青葉かな

廣重の墓へ手ぶらの涼しさよ

路地抜けてのぼる石段富士詣

万灯をいくたび空へ山開

古利根

下るとも遡るとも川涼し

鳰の子も負はれて育つとは知らず

かたつむり覚めて這ひ出す港かな

白南風のしづかに送る波頭

花のごと水母あつまる月の海

星空に立つ舞ひびとの袖涼し

炎天に影よりしづか護符を受く

炎天に踏み出す一歩一歩かな

藍生事務所へ露草の坂づたひ

首塚のかたへ小さき桃熟るる

新潟

虚子立子みづほ素十と露けしや

秋の日の終の一滴沖に消ゆ

連なつて月の甍や出雲崎

ざうざうと遠流の海や十三夜

千株の咲けば千回菊枯るる

また混んで小春のお札売場かな

狐火や王子二丁目角曲り

狐火の列ととのふる刻来たり

IX　大南風

四四句

咲き満ちて虚子忌の花と仰ぎけり

雨よりもしづかにしだれざくらかな

縹色うすずみいろに桜老ゆ
戦争も震災も知る桜かな
花の下にて単線の発車待ち

駅ごとの遅き桜をなつかしみ
山桜とは仰ぎ見る花のこと
花びらを六つの国に飛ばすとや

踏んでゐるのは花屑か花影か

山上の春あかときを水汲んで

狭山　二句

二番茶を養うてゐる茶の木かな

聟殿の淹れてくださる新茶かな

六郷　二句

川崎にビルの霞める河原かな

対岸に武州を望む涼しさよ

まづ聴かむ青水無月の三井の鐘

唐崎の夜雨の松の涼しさよ

突きあたり淡海といふ大南風

夕立のみづうみ跨ぎゆくところ

夏霧の窓に据ゑたる机かな

湖の光をはるか夏炉焚く

山上の星酌みに来るほととぎす

根の国のあをき夜明をほととぎす

一条の水灼くる地を浄めけり

いかづちのずずんずずんと近づき来

夕立のあとの人出や渡月橋

宝石と呼んで夜店のゼリーかな

朝の虹東京駅を発ちにけり

家一つ呑んでいよいよ蔦青し

青林檎畑も村も雲の下

霧の奥から金鈴花銀鈴花

雨宿りして月を待つ畳かな

大雨ののちしろがねの望の月

あはうみの沖打つて去る月の雨
散骨の海はろばろと月の道
落葉径のぼりとなりて風変はる

山降りて来て山茶花のおほきな木

雪飛ばしつつ雪雲を払ふ風

雪霽るる青邨先生墓の山

落日や凍りつつ川合流し
氷上を若き白鳥走り出す
にぎやかに入日をつつむ春の雪

人影のまづ火を熾す一の午

人載せて小さき拝殿一の午

手を当てて巌のこゑ聴く雪解かな

あとがき

『青麗』は三冊目の句集です。二〇〇五年の祇園祭行から二〇一四年初秋の句を収めました。祇園祭行は、俳句のママ友とも言うべき関西の仲間との同窓会を兼ねたもので、今年十周年となりました。

過ぎてみれば早い十年ですが、この間長く病んだ母を送り、実家を仕舞い、父には関東圏へ移って来てもらいました。それは私自身がふるさとを失うことでもありました。今、遠きにありて思うふるさとは、青く麗しいです。

この春、長女が就職して一人暮らしを始め、私の居る場所が実家と呼ばれるようになりました。あたりまえのことではありますが、そう気づいてみると何か不思議な気分です。人生八十年となった今日、まだまだ慌てうろたえ、あっと驚くことがあるでしょう。その都度大騒ぎしそうですが、魔法の杖のようにさっと俳句を取り出して、愉快に進んでいきたいものです。

黒田杏子先生には、父より深く、母より長く、教えを賜ることとなりました。大ベテランの石井隆司編集長、若くてしっかり者の滝口百合さま、お骨折りくださいましてありがとうございました。

「藍生」の皆さまをはじめ、すべての出逢いに心から感謝申し上げます。

二〇一四年九月九日　十六夜にして満月の夜に

高田正子

新装版あとがき

『青麗』を刊行して十年の歳月が流れました。元気だった父は思いのほか早く逝き、ふるさとの親類縁者も次々に世を去りました。が、しみじみしている時間はありませんでした。二〇二三年三月、青天の霹靂、黒田杏子先生が急逝なさったのでした。

身ほとりがすうすうして、心が凍えそうでしたが、同じ思いの者どうしが集い合い、新たな俳句会を設立することができました。面映ゆいことに、その名を「青麗」俳句会と申します。

新装版は「青麗」会員の「読みたい」に応えるために企画したものです。一ページ三句組みとし、手に取りやすい判型と厚さにしました。そのために句の並びを再度考え、順序を入れかえた箇所があります。併せて句を見直しましたので、旧版の四〇〇句はすべて収録していますが、句形の異なるものもあります。

　この作業を通して、私自身は来し方を振り返ることになりました。そして、今は亡き上の世代に守られてきたことをしみじみと思いました。ありがたい。この感謝の気持ちを、次は仲間との未来に繋いでいきたいと強く思います。

　伴走してくださった朔出版の鈴木忍さま、細やかなご配慮をありがとうございました。

二〇二四年　十二月朔の夜

髙田正子

初句索引

＊ 配列は現代仮名遣いによる五十音順とした。

＊ 初句が同音同義の句については、中句を「―」の下に示した。

―あ行―

あひづちを　30
あをあをと　25
藍生事務所へ　126
あなぞらの
　―届かぬところ　58
　―磨かれてゆく　50
青水無月を　28
青林檎　140
明るさに　92
秋草繚乱　104
秋の日の　127
暁の虫　27
朝の虹　140
朝の水　9
足音の　71
足音を　22
あぢさゐに　55
あたたかに　64
新しき
　―雨音か　33
雨粒に　18
雨宿り　53
雨宿り　141
雨過ぎし　32
飴色の　42
雨の日の　86
雨祓の　40
雨よりも　131
鮎宿や　25
あらたまの　62
あはうみの　142
家のほか　68
家一つ　140
いかづちの　139
いかのぼり　117
いくへにも　30
いくたびも　47
石ころを　13
いそがしき　68
一条の　138
いちにちの　35
いちにちの　97
いちにちに　106
　―薔薇摘みためて　54
　―一門の　72
一列に　63
一門の
　―一羽づつ　8
　―一幹の　17
　―大きな影や　84
　―桜や門を　88
　―倒れ伏す野の　74
一灯に　37
いつよりの　27
稲妻の
　―うぐひすの　81
　―討入の　111

江ノ電の
　—駅ごとの　133
　—縁側に　115
　—降りてしばらく　61
　—日のまはり来る　102
縁側の　6
炎天の　10
園丁の
　—影よりしづか　125
　—踏み出す一歩　125
大雨の　83
大風の
　—関東平野　40
　—きのふに過ぎし　141
　—のちしろがねの　85
大風に　85
大川の
　—かりがねどきの　119
大亀と　112

—冬に入りたる　112
—水の匂へる　112
大鷹を　93
奥山の　82
—送り出す　65
—遅れ着く　100
落葉径　142
—おどろいて　99
—お日さまに　62
お弁当　70
朧夜の　67
—御祭の　121
おんおんと　114
—飲食も　31

―― か行 ――

飼ひならす　98
帰り着く　103
柿寺の　105
影凍る　93
影増えて　41

風花や　94
家事一切　78
風のこゑ　66
風熄みて　50
風やんで　101
風を来て　21
かたつむり　124
かたはらに　11
門松を　111
鎌倉を　114
噛みしめて　100
唐崎の　136
刈株の　91
軽鳧の子に　11
軽鳧の子の　11
川崎そして　95
川に向く　16
枯木そむる　135
枯木道　101
寒明の　110
菊の日の　57

北風の　20
北風を　58
狐火の　129
狐火や　128
虚子立子　126
霧の奥　141
木を伐って　17
銀の日の　88
草庭の　6
草餅は　117
葛棚は　19
—おほきな影の　14
—はじめの花の　23
葛棚も　123
—下るとも　89
くちなしの　22
くちばしを　126
首塚の
—クリスマス　107
桑の実を

月明の　102
烟るとも　87
喧嘩して　5
強情の　66
高層の　110
黄落の　90
—空を冥しと　58
声嗄らす　46
凍らむと　95
氷とけて　59
ことごとく　35
子どもらの　117
この池に　81
御霊会の
　—大路を祓ひ　42
　—京都通ひも　45
金色の　59

——— さ行 ———

囀りの　53
魁けて　119
先に逝く　26
咲き満ちて　131
さざなみの　93
さつきより　106
さっと来て　121
さっと降り　43
さまざまに　99
さみだれの　13
さやけしや　103
さやさやと　79
散骨の　142
山上の　134
　—春あかときを　138
　—星酔みに来る　104
しづかなる　15
しづけさを　49
—また
しばしました　108

渋柿として　90
注連縄を　44
十人の　71
出勤の　107
春禽と　52
春禽の　82
巡行の　44
春雷の　113
菖蒲の芽　51
白息を　83
白雲を　59
白南風の　124
新茶汲む　74
すぐそこと　99
すみずみに　17
棲みつこと　79
棲み古りて　104
駿河湾　65
勢揃ひ　121
関ありし　118
千株の　128

千貫の　122
禅寺丸　105
禅寺丸柿　105
戦争の　80
戦争も　132
先代の　27
剪定の　5
ざうざうと
　—遠流の海や　127
　—空くつがへす　57
早梅の　49
空へ近づく　60
それぞれの　79
そろそろと　8

——— た行 ———

対岸に　135
大根の　109
待春の　23

できたての　21
てのひらに　83
てのひらを　86
手を当てて　145
手を振つて　80
天仰がせて　45
ときどきは　15
どつと発ち　53
届きましたと　69
飛梅や　120
飛び起きて　109
戸袋の　76

な行

長刀の　42
なつかしき　29
夏霧の　137
夏の月　80
波音や　20
濤音を　72
南天の　13

は行

鳰の子も　123
にぎやかに　144
日本の　92
日本橋　134
二番茶を　118
濡れながら　74
根の国の　138
涅槃会に　114
残されて　95

梅林の　50
吐ききつて　34
萩に触れ　14
バスの終点　70
働いて　106
八月の　98
八月も　98
撥ゆるく　48
初時雨　108
はつなつの
―雨のにほひを　36
―香や草の庭　9
縹色　132
花鳥の　68
花に冷えゆく　86
花の枝　69
花のごと　124
花の道　85
花の芽の　84
花の下　132
花冷の
―講堂に立つ　66
―畳いちまい　71
花びらを　133
花を待つ　69
翅音を　54
母在す　28
母亡くて　32
母の座の　33
母はもう　36
母もまた　28

たばさみて　47
旅立たむ　64
旅のしまひを　48
食べさせて　77
溜息に　84
近道を　109
父に湯たんぽ　32
ちと云うて　76
茶の花の　94
注文す　63
朝食を　10
ちよつとそこまで　78
突きあたり　136
月の道　103
月よぎる　76
つくしんぼ　9
摘みためて　100
冷たさを　88
詰められて　19
梅雨明の　43
連なつて　127

母若し　33
薔薇園に　55
薔薇守の　54
はりきつて　61
巴里の地図　77
春風や　52
春コート　67
春灯　65
晴のち雨　60
万緑や　73
日枝神社　120
日傘まはせば　78
曳初の　41
火恋し　57
ひざまづき　22
未草　87
人影の　145
人載せて　145
灯せば　35
雛さまの　116
日向ぼこ　108
雛壇に　115
雛の日の　115
響かせて　75
ひややかな　102
病室の　34
氷上を　144
昼顔の　87
昼過ぎの　52
昼近く　63
廣重の　122
踏み越えて　101
冬日濃き　18
降りつづく　16
奮ひ立つ　91
ふるさとの
　―柿の機嫌を　37
　―灯がいつぱいや　26
　―星飛ぶ暁の　29
ふるさとや　36
踏んでゐる　134
へちまより　14
弁当と　10
宝石と　139
ほほけねば　7
墨堤に　116
墨東へ　113
鉾建の　41
鉾の稚児
　―雨の袂を　40
　―涼しく背を　39
鉾囃す　46
鉾町の　45
鉾町や　46
星空に　125
ほほといふ　116

ま行

舞人に　67
まづ聴かむ　136
また混んで　128
まだまだと　97
まつくろに　20
まつ白な　77
幻の　47
迷ひやう　56
満月の　29
曼珠沙華　89
万灯を　123
まん中で　70
まん中の　91
見納めの　34
湖の　137
水を出て　92
道なりに　62
みちのくや　64
見ゆるもの　7
みんな映りて　6
椋鳥の　15
聟殿の　135
虫の野を　30
目つむれば　38
もう一度　73
もう一羽　82

喪の家も 31
喪の家を 31
もの買うて 120
ものの芽の 7
もみぢして 16

や行

約束の 107
灼くる地を 48
山降りて 143
山越えて 113
山桜 133
山しづまりぬ 72
ゆふがほの
―おほきな一顆 56
―実を雨粒の 56
夕暮に 51
夕立の
―あとの人出や 139
―みづうみ跨ぎ 137
夕闇の 26
ゆきずりの 21
雪吊の 18
雪飛ばし 143
雪の日も 38
雪霽るる 143
往く人に 119
ゆつくりと 51
宵山の
―提灯に灯の 43
―月夜の道を 44
よき音と 55
よく枯れて 19
よく晴れて 8

ら行

落日の 90
落日や 144
立春大吉 110
六月や 75
路地抜けて 122

わ行

本書は、二〇一四年に角川学芸出版より刊行された
『句集　青麗』の新装版です。

著者略歴

髙田正子（たかだ まさこ）

1959年　岐阜県岐阜市生まれ
1990年　「藍生」（黒田杏子主宰）創刊と同時に入会
1994年　第1句集『玩具』（牧羊社）
2005年　第2句集『花実』（ふらんす堂／第29回俳人協会新人賞）
2010年　『子どもの一句』（ふらんす堂）
2014年　第3句集『青麗』（角川学芸出版／第3回星野立子賞）
2018年　『自註現代俳句シリーズ　髙田正子集』（俳人協会）
2022年　『黒田杏子の俳句』（深夜叢書社）
2023年　『日々季語日和』（コールサック社）
　　　　『黒田杏子俳句コレクション1　螢』『同2　月』
2024年　「青麗」創刊主宰
　　　　『黒田杏子俳句コレクション3　雛』『同4　櫻』
　　　　（1～4コールサック社）

公益社団法人俳人協会評議員、NPO法人季語と歳時記の会理事、公益社団法人日本文藝家協会会員。中日新聞俳壇選者、田中裕明賞選者、俳句甲子園審査員長ほか。

「青麗」俳句会　Mail：mail@seirei-haiku.jp
Web：https://www.seirei-haiku.jp/

青麗コレクション2

新装版　青麗《せいれい》

2025年1月11日　初版発行

著　者　髙田正子

発行者　鈴木　忍
発行所　株式会社 朔《さく》出版
〒173-0021　東京都板橋区弥生町49-12-501
電話　03-5926-4386　振替　00140-0-673315
https://saku-pub.com　E-mail　info@saku-pub.com

装　丁　奥村靫正・星野絢香／TSTJ
印刷製本　中央精版印刷株式会社

©Masako Takada 2025 Printed in Japan
ISBN978-4-911090-24-4　C0092　¥1800

落丁・乱丁本は小社宛にお送りください。送料小社負担にてお取替えします。

本書の無断複製（コピー・スキャン・デジタル化等）並びに無断複製物の譲渡及び配信は、著作権法上での例外を除き禁じられています。

青麗コレクション1
新装版
玩具・花実
高田正子句集

青麗コレクション2
新装版
青麗
高田正子句集